Le champion du lundi

De la même auteure

Chez Soulières éditeur :
Le champion du lundi, 1998
Le démon du mardi, 2000, Prix Boomerang 2001,
    3e position au Palmarès de Communication-
    Jeunesse 2001
Le monstre du mercredi, 2001,
    2e position au Palmarès de Communication-
    Jeunesse 2002
Lia et le secret des choses, 2002
J'ai vendu ma soeur, 2002, Prix du Gouverneur
    général 2003
Les petites folies du jeudi, 2003

Chez d'autres éditeurs :
La revanche du dragon, éd. Héritage, 1992
Un voyage de rêve, éd. Héritage, 1993
Les cartes ensorcelées, éd. Héritage, 1993
C'est pas tous les jours Noël, éd. Héritage, 1994
Mozarella, éd. Pierre Tisseyre, 1994
Mes parents sont fous, éd. Héritage, 1996
Fous d'amour, éd. Héritage, 1997
Le cadeau ensorcelé, éd. Héritage, 1997
La tête dans les nuages, éd. Héritage, 1997
La queue de l'espionne, éd. Héritage, 1999
L'école de fous, éd. Héritage, 1999
Le cercle maléfique, éd. Héritage, 1999
Sapristi, mon ouistiti, éd. Michel Quintin, 2000
Fou furieux !, éd. Héritage, 2000
Le pouvoir d'Émeraude, coll. Conquêtes, éd. Pierre
    Tisseyre, 2001
L'animal secret, éd. Michel Quintin, 2001
La sorcière vétérinaire, éd. Michel Quintin, 2002

Le champion du lundi

**un roman écrit et illustré par
Danielle Simard**

SOULIÈRES ÉDITEUR

case postale 36563 — 598, rue Victoria
Saint-Lambert (Québec) J4P 3S8

Soulières éditeur remercie la Sodec pour son appui financier
accordé en vertu du programme d'aide aux entreprises
du livre et de l'édition spécialisée.

Dépôt légal: 1998
Bibliothèque nationale du Canada
Bibliothèque nationale du Québec

Données de catalogage avant publication (Canada)

Simard, Danielle

Le champion du lundi
(Collection Ma petite vache a mal aux pattes; 6)
Pour les jeunes de 6 à 9 ans.

ISBN 2-922225-11-9

I. Titre. II. Collection.

PS8557.I287C49 1998   jC843'.54   C97-941436-9
PS8557.I287C49 1998
PZ26.3.S55Ch 1998

Illustration de la couverture
et illustrations intérieures:
Danielle Simard

Conception graphique de la couverture:
Andréa Joseph
Annie Pencrec'h

Logo de la collection:
Cathy Mouis

À Daniel,
mon champion
de tous les jours.

Chapitre 1

ODILE LE
CROCODILE

C'est énervant la première journée d'école !

Je suis en rang avec ma nouvelle classe. Et je fais le brave sous le ciel bleu. Ma mère est avec les autres parents, au fond de la cour. Je sens ses yeux dans mon dos. De temps en temps, je me retourne et elle me sourit. J'en ai besoin. Je sais maintenant qu'Estelle n'est pas dans ma classe. Xuan non plus.

Mais il y a Charles. Il s'est mis avec moi dans le rang. Cette année, on va devenir les plus grands amis. Pas besoin de se le dire. On l'a compris tout de suite.

À côté de notre rang, il y a celui de Diane. C'est ma maîtresse de première année. Elle me sourit aussi quand elle m'aperçoit. Elle a un sourire si doux ! Ça me donne le goût d'être encore dans sa classe. Mais je ne veux pas me retrouver aussi petit que ses poussins. (Elle appelle ses élèves comme ça.) Je n'arrive même pas à croire que j'ai déjà été aussi minuscule !

Moi, je suis grand. Et Odile, ma nouvelle maîtresse, n'est pas comme Diane. Elle n'a pas son petit sourire de maîtresse-poule. Non, Odile a une grande bouche. Pleine de dents. Et elle sourit comme un crocodile.

Odile a déjà placé nos noms sur les pupitres. Moi, je suis au milieu de la classe. Charles est dans le coin en arrière.

Les fenêtres donnent sur la rue. Il y a tellement de soleil qu'il faut baisser les stores. Puis on entend les autos. On les entend même plus qu'Odile. Elle parle de sa vie, de son mari, de ses enfants. Mais elle parle trop vite. Elle parle trop bas. Et elle marche en même temps. Et nous, on regarde notre nouvelle classe, autour.

Tout à coup, Odile plaque ses mains sur son bureau. Elle demande bien fort :

—À votre âge, est-ce qu'on est encore des bébés ?

Il y a de quoi nous réveiller !
Nous crions tous à pleine gorge :

—**Nooooon ! Noooooon !**

Certains se mettent à genoux sur leur chaise. Ils poussent leurs cris par-dessus la tête des autres. D'autres se mettent à rire. Eux, des bébés ? C'est trop drôle ! Annie se dandine dans l'allée en suçant son pouce. Ce qui multiplie les rires.

—Moi, je pense que vous êtes encore des bébés !

Odile vient de hurler ça. Et le tapage cesse d'un seul coup. Elle reprend :

—Il faut être pas mal bébés pour crier comme des locomotives : « **Noooon ! Nooooon !** » En plus, qui se lève sans permission ? Qui grimpe sur les chaises ? Hé bien, les singes et les bébés !

Là, on se retrouve tous assis. Puis on se regarde. Ma voisine me chuchote :

—Qu'est-ce qu'elle raconte avec ses trains et ses singes ?

Elle n'est pas la seule à chuchoter. On entend comme un bourdonnement d'abeilles dans la classe. Odile plaque encore les mains sur son bureau et crie :

—Ce sont les bébés qui font du babillage en classe.

Après ces mots-là, on entend juste les autos qui roulent dans la rue. Il n'y a plus d'abeilles. Odile le crocodile nous montre des tas de dents. Et elle dit :

—Bon, vous avez peut-être raison. Peut-être que vous n'êtes plus des bébés. **Mais il faut me le prouver !**

Chapitre 2

PAS QUESTION!

Ce n'est pas toujours drôle d'être grand. Ils ne connaissent pas leur bonheur, les poussins de Diane.

Odile l'a dit :

—Si vous n'êtes plus des bébés, PAS QUESTION de parler sans lever la main. PAS QUESTION d'aller aux toilettes pendant la classe. PAS QUESTION de pleurer pour rien. D'oublier vos devoirs. De mentir. De perdre vos affaires.

Une montagne de PAS QUESTION! Et moi, je me pose une montagne de questions. Par exemple, qu'est-ce qui va arriver si je demande d'aller aux toilettes ? Là, pendant la classe ? Ça, Odile ne l'a pas dit.

Imaginez si je dis que j'ai envie de faire pipi. Peut-être qu'Odile va arrêter de faire des additions au tableau. Peut-être qu'elle va me montrer ses dents de crocodile. Ouvrir un tiroir de son bureau. Et m'offrir une couche devant tout le monde ! Qui sait ?

Moi, en tout cas, je ne veux pas savoir ce qui arriverait. Je préfère retenir mon pipi. Même au risque d'éclater... C'est curieux, on ne voit jamais bouger les grosses aiguilles de l'horloge. Pourtant, l'heure change...

—Julien Potvin, redescends de la lune ! lance Odile.

C'est moi, Julien Potvin. Je ne redescends pas de la lune. J'en tombe. Bang ! dans la classe. Et je regarde Odile avec des yeux tout agrandis.

— Vous n'êtes plus des bébés ! répète notre maîtresse. Alors il faut garder vos deux pieds sur terre. Sous votre pupitre. Il faut écouter ce que je dis. Et étudier tous les soirs. C'est la meilleure façon d'être le champion du lundi.

Le champion du lundi ?

Odile nous explique : tous les lundis, elle va choisir un champion. Elle lui donnera une médaille. Et il la gardera jusqu'au lundi suivant. Odile a toute une semaine pour chercher son champion dans la classe. Pour ça, elle nous observe. Les élèves sont un peu comme des patineurs artistiques. Ils doivent réussir des trucs. Odile, elle, est comme un juge. Elle note ce qu'elle voit de bien ou de mal dans son cahier rouge.

Un champion ne dérange jamais la classe. Mais il n'est pas dans la lune non plus. Il lève la main souvent. Parce qu'il connaît les réponses. Il ne fait presque pas de fautes. Parce qu'il a appris ses leçons. Ses devoirs sont bien faits.

C'est simple. Un champion fait bien ce qu'il doit faire. Et il ne fait jamais ce qu'il n'est PAS QUESTION de faire. Un champion n'est pas un bébé.

Chapitre 3

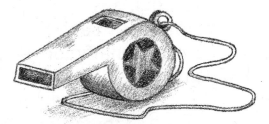

L'ENTRAÎNEMENT

Ma mère adore les championnats. Que ce soit d'athlétisme, de tennis, de soccer, d'échecs ou d'orthographe, elle s'intéresse à toutes les compétitions. Aussi, quand je lui ai parlé du champion du lundi, elle s'est écriée :

—Quelle bonne idée ! Je vais t'entraîner !

—M'en... quoi ?

—Bien voyons ! Veux-tu être champion ?

—Euh... oui.

—Alors, il faut t'entraîner. Il n'y a pas de champion sans entraînement.

Voilà, j'ai maintenant une entraîneuse. Et toute une ! Ma mère devrait être dompteuse, au lieu de secrétaire. Elle n'a même pas besoin de fouet pour me transformer en singe savant.

Fini la télévision ! En rentrant de l'école, j'apprends mes leçons. Et quand maman rentre du travail, elle m'interroge tout en préparant notre souper spécial. La diète d'un champion, c'est très important. Des légumes, des légumineuses, du poisson, du tofu... Ma mère mesure même les quantités.

C'est scientifique. Et pas très bon.

Après, nous faisons la vaisselle. « 9+7 ? » demande maman, « 11-5 ? ». Je crie le plus vite possible : « 16 », « 6 ». Des tas de chiffres emplissent la cuisine. Puis nous attaquons mes devoirs. Je dois répondre à trois questions ? Ma mère en rajoute trois autres. Plus une dictée. Un champion doit se dépasser.

Quand je me suis bien dé-
passé, nous sortons pour courir.
Je ne sais pas si ça ventile mon
esprit pour de vrai. (Mon entraîneuse dit ça.) Mais ça
mouille mon chandail pour de
vrai ! La trempette se poursuit

ensuite par un bain chaud. Tellement chaud que je ramollis autant qu'un macaroni trop cuit. Puis, un bain froid. Tellement froid que je redeviens un macaroni cru.

Et c'est l'heure de la lecture. À la bibliothèque, j'ai pris tous les livres que je pouvais emprunter. Ma mère aussi. Sauf qu'elle les a pris pour moi ! Je lis à haute voix, assis dans mon lit avec elle. Nous en profitons pour apprendre quelques mots nouveaux. Après la lecture, elle me les fait épeler. Un champion doit se dépasser encore et encore.

Un champion doit aussi se coucher tôt. Et faire de la visualisation, juste avant.

Pour ça, je ferme les yeux. Je m'efforce de voir dans ma tête tout ce que maman décrit. Je me tiens bien droit à mon pupitre, dit-elle. Je bois les paroles d'Odile. Je suis le premier à sortir mon cahier, quand elle le demande. Mon crayon est toujours aiguisé. Je suis un champion !

Mon entraîneuse m'embrasse enfin et sort. J'ai la paix pour la nuit ! En rêve, je saute sur les pupitres. Je porte mon pantalon

sur la tête. Tout le monde voit ma culotte avec des cochons roses dessus. Je souffle de grosses bulles de gomme. Elles m'éclatent sur le nez. Et je reçois la médaille des lundis pour rire !

La nuit, je visualise ce que JE veux.

Il vaut mieux en profiter. Car, dès le matin, ma dompteuse reprend le dessus. Gymnastique et déjeuner spécial. Ma mère m'accompagne aussi à l'école. Nous épelons les mêmes mots qu'hier, jusque dans la cour. Là, je ne vais pas jouer avec Charles et Vanessa. Je me concentre. Maman me regarde droit dans les yeux. Elle me serre les épaules.

—Pas de voyage dans la lune ! me dit-elle. Odile va t'observer toute la journée. Montre-lui que tu es le champion des grands ! Tu sais comment. Tu l'as visualisé.

—Oui, que je lui réponds. Mais tu ne trouves pas que j'ai l'air un peu bébé, là ?

—Pourquoi ?

—Bien... me faire reconduire à l'école par ma mère.

—Ce n'est pas ta mère qui te reconduit ! s'exclame-t-elle. C'est ton entraîneuse !

Chapitre 4

LE CHAMPION

Ça y est ! Nous sommes lundi. Les dents d'Odile brillent pour l'occasion. Elle prend une grande inspiration et déclare :

— Nous allons bientôt connaître notre premier champion de l'année. Je dis bien champion et non championne. Car il s'agit d'un garçon.

La moitié de la classe fait :

— Hooooooonnnnnnnn...

Puis on entend un drôle de petit bruit. Une sorte de « snif, snif ».

Anne-Marie Labrie est toute rouge. Elle pleure ! Bien sûr, elle voulait être la championne. Ça paraissait. Elle cherchait tout le temps à sortir son cahier avant moi ! Une fois, elle est même allée trop vite. Elle s'est pincé les doigts sous le couvercle de son pupitre. Elle a dû se mordre les lèvres, en plus, pour ne pas pleurer comme un bébé. Mais ce coup-ci, elle n'est plus capable de se retenir.

—Voyons, Anne-Marie ! s'étonne Odile. C'est bébé d'être jalouse. N'est-ce pas, les amis ?

—Ouiiiiiiiiiiii !

J'ai crié oui avec les autres. Mais je ne voudrais pas être à la place d'Anne-Marie. On dirait qu'elle est en train de fondre sur sa chaise. Comme une bougie rouge. Anne-Marie, la bougie de Noël !

—Donc, reprend Odile, le champion est un garçon. Vraiment, il a été un exemple pour toute la classe. L'avez-vous reconnu ?

Tout le monde se regarde. Personne ne reconnaît le champion.

—Notre champion est Julien Potvin ! lance Odile.

C'est moi, moi, moi, moi, MOI !

Ma mère avait raison. L'entraînement, ça marche ! Je dois être aussi rouge qu'Anne-Marie. Mais MOI, je ne fonds pas. J'ai plutôt l'impression de gonfler, gros, gros, gros.

Je me lève. Je rejoins Odile comme dans un rêve. Elle tient entre ses doigts une belle étoile dorée. Elle l'épingle sur mon chandail.

Je me retourne. Et je vois tous les yeux braqués sur MOI. Personne ne me sourit. Même pas Charles.

Ils sont jaloux. C'est bébé d'être jaloux. Odile l'a dit.

Ils sont tous trop bébés pour leur âge. Tous, sauf MOI!

Chapitre 5

MA VIE DE
CHAMPION

Les autres font semblant de rien. Mais ça n'empêche pas mon étoile de briller.

Au début, je continue à sortir mon cahier à toute vitesse. Je lève la main bien haut. Pour montrer que je mérite d'être le champion. Mais bientôt, je me sens fatigué. Après tant d'efforts, je peux bien me reposer... Cette fois, je regarde les autres faire les singes savants. Odile ouvre son cahier rouge et déclare :

—N'oubliez pas que je cherche le champion de lundi prochain.

Anne-Marie a séché ses larmes. Elle ne fond plus. Elle se tient même le cou très droit. Tellement qu'elle a l'air d'avoir avalé sa règle. Elle n'est pas la seule. Tous les élèves sont figés comme des statues. Ils me font bien rire !

Bon ! là, je ris moins fort. Charles est parti avec Vanessa, sans m'attendre. Je retourne chez moi tout seul.

Sur le trottoir, j'ai le cœur gros. Ce n'est pas amusant d'être champion... Mais quand je prends mon raccourci à travers le champ, je me sens moins triste. Mon chemin secret, je le prends toujours tout seul. Maintenant, je pense à maman.

J'ai hâte de lui annoncer la nouvelle !

On dirait que mon étoile me
donne des forces nouvelles. Je
pousse des cris de victoire. Je
fonce à travers des herbes plus
hautes que moi. Elles s'écrasent
toutes devant le grand champion !

—Ah ! je le savais ! s'écrie mon entraîneuse.

Elle a l'air drôlement fière de moi. Mais encore plus d'elle-même.

—Alors, qu'est-ce que tu penses de mon entraînement ? me demande-t-elle.

—Bien... ça marche.

Elle pose la main sur mon épaule et déclare :

—Maintenant, tu sais comment devenir un champion. Il ne tient qu'à toi de le rester.

—Qu'est-ce que tu veux dire ?

—Tu n'as qu'à continuer ton entraînement.

—Tout seul ?

—Tu n'es pas un bébé...

Au souper, on fête ma victoire. « Notre » victoire. Maman a mis une belle table avec des chandelles. Elle et papa boivent du vin. Et tout le monde est bien content de manger du poulet frit. Adieu, diète des champions !

Ma sœur lave la vaisselle avec mon père. Ma mère regarde un téléroman. Moi, je fais mes devoirs et mes leçons comme un grand. Tout seul. Ensuite, je vais courir. Mais pas assez longtemps pour mouiller mon chandail.

Puis, je prends un bain. Juste un, chaud. Je demeure un macaroni mou... qui va s'écrouler dans son lit avec un livre... Et qui s'ennuie de son entraîneuse.

Je vais la retrouver devant la télévision.

—Maman, tu veux lire avec moi ?

Elle me sourit. Elle comprend.

—Dans dix minutes, mon chéri. Après l'émission.

Je n'aurais pas dû être champion tout de suite. Ma mère aurait continué mon entraînement. Ça me manque déjà.

Chapitre 6

LA CATASTROPHE

Charles est à nouveau gentil avec moi. Il est sûr d'être le prochain champion. Sa mère l'entraîne !

Elle est venue le reconduire à l'école. Dans la cour, elle lui a serré les épaules. Les yeux dans les yeux, ils se sont concentrés.

Cet après-midi, Charles et Vanessa m'ont attendu. On a marché jusqu'à mon raccourci.

On a bien ri. Et quand je les ai laissés, j'avais la tête en folie. J'ai sauté encore plus haut qu'hier. Les grands blés me fouettaient le visage. Et moi, je les battais à coups de pied et de bras. Comme un vrai ninja.

—Comment va mon champion ? lance ma mère qui rentre du travail.

En entendant le mot champion, je baisse les yeux vers mon étoile. Mon cœur se fige net ! Sur mon chandail, il y a plein de brindilles. Mais pas une seule étoile !

Je me lève d'un bond. Fouille mes poches. Cherche autour de moi. Où est-elle ? Où est la médaille ?

—Qu'est-ce que tu as, mon champion ? demande maman.

—Rien ! Rien ! que je m'écrie.

—Tu en es bien certain ?

Avec les yeux que je lui fais, maman n'insiste pas. Elle s'éloigne vers la cuisine. Pourquoi je ne lui ai rien dit ?

Parce que je veux rester son champion. Si j'avais parlé, j'aurais eu l'impression d'enlever un petit bouchon. Comme celui des ballons de plage. Et le champion se serait dégonflé. Pffffffffffff...

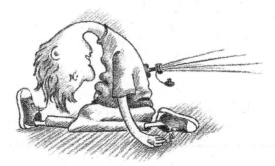

Je dois aller courir tout de suite après le souper. Pendant qu'il fait encore bien clair. C'est ce que j'explique à ma mère. Mais je ne lui dis pas la vraie raison : je veux retrouver ma médaille !

Aussitôt dehors, je me lance dans le champ. Je suis plein d'espoir. Oui, je vais dénicher cette minuscule étoile dorée.

Je cherche de tous mes yeux. J'avance à quatre pattes sous les blés jaunes.

Oui, je crois à ma chance...
jusqu'à ce qu'il se mette à faire
noir. L'espoir aussi a un petit bouchon. Pffffffffffff... Mes quatre pattes
me lâchent. Et je tombe à plat
ventre. Caché sous les herbes, je
peux pleurer. Comme un bébé.

Ce soir, je n'ai pas à me forcer pour faire de la visualisation. Les images se bousculent dans ma tête. Demain, Odile le crocodile va voir que je ne porte pas ma médaille ! Je l'imagine très bien qui s'approche de moi. Toutes les dents sorties. Elle pointe son long doigt sur la petite place vide, près de mon cœur. Là où il n'y a plus d'étoile.

—PAS QUESTION de perdre sa médaille ! hurle-t-elle. Tu es la honte de la classe.

—Je... je... ne l'ai pas perdue. Je l'ai juste oubliée.

—C'est encore plus bébé ! Demain, tu donneras ton étoile à Anne-Marie.

Ah ! si seulement je pouvais m'endormir. Je ferais de vrais cauchemars. Ce serait sûrement moins pire.

Chapitre 7

TERRIBLE
MERCREDI

— **E**st-ce que je vais à l'école avec toi ? demande maman. Je pourrais te faire épeler des mots.

—Non, tu n'es pas prête et je suis très pressé.

—Mais pourq...?

Je ne lui laisse pas le temps d'insister. J'ai eu une idée terrible. Et si ma médaille n'était pas dans le champ ? Si elle était tombée sur le trottoir ? Ou dans la cour d'école ? Je dois être le premier à repasser par là. Je ne veux pas qu'Anne-Marie Labrie me rapporte mon étoile en riant. Ou pire, qu'elle la rapporte à Odile.

J'ai l'air d'un chien qui flaire une piste. J'ai les yeux vissés au sol. Je zigzague d'un bord à l'autre du trottoir. Si quelqu'un criait : « Fido ! », je courrais vers lui. Comme un chien sans médaille.

Mais où est-elle, cette petite étoile ? Au fond de cette fissure, dans le ciment ? Dans ces brins d'herbe que je secoue ? Au pied de cet arbre ? Sous cette auto ? Non. Elle a dû monter au ciel. Rejoindre les vraies étoiles.

Je suis tellement nono que je lève les yeux. Des fois...

J'arrive à l'école les mains vides. Il n'y a qu'une dizaine d'élèves. Ils me courent autour, tout légers. Mais moi, j'ai le cœur bien lourd à porter. Je marche de

long en large. Mine de rien, je balaie la cour du regard. Des cailloux, de vieux papiers, un bouton, une barrette...

La cloche sonne. Si seulement quelqu'un avait rapporté la médaille ! Ça me ferait plaisir, finalement.

Puis une idée me saute au visage : mon étoile est sûrement sous mon pupitre ! Mais oui ! Dès que j'entrerai dans la classe, je la ramasserai. Et je l'épinglerai tellement vite que personne ne me verra.

En attendant, Odile vient se poster devant notre rang. Elle ne me regarde même pas. Donc, elle ne sait rien.

Nous marchons vers la classe. Mon cœur bat à tout rompre. Je ne m'arrête pas à mon casier. Je garde mon gros chandail par-dessus ma chemise. Et j'entre le premier.

Oh ! comment ça ? Il n'y a rien sous mon pupitre.

Peut-être que le concierge a mis la médaille à l'intérieur de celui-ci ? Je l'ouvre...

C'est dur de retenir des larmes !

Chapitre 8

UN VENDREDI
PLUS TERRIBLE
ENCORE

Ça fait maintenant trois jours
que je cherche ma médaille. Et
je ne l'ai pas retrouvée.

Une chance que j'ai gardé mon
gros chandail, mercredi, jeudi et
aujourd'hui. J'ai chaud. Mais tout
le monde pense que mon étoile
se trouve en dessous. Épinglée

sur ma chemise. La preuve : personne ne me demande où elle est.

C'est bête que ce soit l'été des Indiens. Je suis tout en sueur avec mon chandail de laine. Mais ce long vendredi finit bientôt. Odile pose sa craie et se tourne vers la classe.

—Avez-vous hâte de connaître notre prochain champion du lundi ? demande-t-elle.

—Ouiiiiiiiii ! crie tout le monde. Même moi.

Si j'étais Pinocchio, mon nez irait trouer le tableau derrière Odile.

—Vous en êtes bien certains ? insiste-t-elle. Moi, je me demande s'il va y avoir un champion, lundi.

Catastrophe ! Elle sait que j'ai perdu la médaille ?

— Avez-vous remarqué que Julien ne porte plus sa médaille ? ajoute-t-elle.

Tous les yeux se posent sur ma poitrine vide. Mon gros chandail ne me sert plus qu'à transpirer. Tellement que je vais finir par noyer toute la classe !

— Et savez-vous pourquoi Julien ne porte pas sa médaille ? continue Odile.

— Nooooooon, souffle tout le monde en chœur.

Moi, je ne dis plus rien. J'essaie encore une fois de retenir mes larmes. Mais une ou deux réussissent à s'échapper.

— Eh bien, moi, je vais vous dire pourquoi ! lance Odile. Julien est trop gêné pour porter son étoile. Il a bien vu que vous n'étiez pas contents pour lui.

Pensez-vous que Julien veut perdre ses amis ? Non. Alors, il laisse sa médaille chez lui. À quoi ça sert d'être champion si on doit le cacher ? Hein ? Je ne sais pas si je vais choisir un nouveau champion, lundi. Vous êtes trop bébés jaloux pour avoir un champion !

Il y a un grand silence dans la classe. Et moi, je pleure encore plus fort tout à coup. Parce que lundi, j'aurai l'air encore plus fou.

Lundi, les bébés jaloux vont connaître la vérité ! Et ils vont bien
rire.

—Voulez-vous un nouveau
champion, lundi ? demande
Odile.

—Ouiiiiiiiii ! répond la classe.

Pourquoi ne disent-ils pas
non ? Ça serait bien mieux pour
tout le monde !

—Allez-vous être contents
pour l'ami que je vais choisir ?

—Ouiiiiiiiii.

—Il va pouvoir être fier de
porter sa médaille ?

—Ouiiiiiiiii.

Ah !!!!! si on pouvait mourir
de honte, je serais mort !

Après ça, je quitte l'école à toute vitesse. Il faut que je retrouve cette étoile. Il le faut absolument ! Elle ne s'est pas envolée dans le ciel. Non. Elle est là, dans le champ où je viens d'arriver. Je l'ai perdue en faisant le ninja. Et je vais la retrouver comme un vrai champion !

Je suis le Chasseur d'étoiles. Un être supérieur créé par les Martiens. On a confié au Chasseur une mission très importante. La princesse Dianella a égaré un bijou sur la planète Terre. L'Étoile de la paix ! Sans cette petite étoile dorée, l'Univers est en danger. Une guerre féroce va éclater entre les forces galactiques.

L'Étoile est dans cette brousse remplie de serpents. Mais le Chasseur n'a pas peur. Ses yeux super puissants scrutent le sol. Ses mains ultrasensibles déplacent chaque caillou. Le Chasseur ne connaît pas la fatigue. Jamais il n'a raté une mission.

Chapitre 9

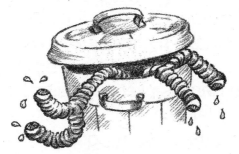

PLUS QU'UN JOUR

Ma mère dit souvent qu'il ne faut jamais dire « jamais ». En tout cas, on ne peut plus dire : « Jamais il n'a raté une mission. »

Le Chasseur a fouillé la brousse pendant une heure, vendredi. Pendant trois heures, samedi. Et il n'a rien trouvé. Les Martiens ont jeté ses yeux super puissants à la poubelle. L'invention n'est pas au point.

Adieu, Étoile de la paix !

On est maintenant dimanche. Et je cherche un moyen de ne plus jamais aller à l'école. Oui, j'ai dit « jamais »!

Mais c'est impossible de ne plus aller à l'école. À moins d'accepter de se faire très mal. Est-ce que je vais me jeter dans l'escalier du sous-sol ? Ça ne me tente pas. Pas plus que ça ne me tente d'aller voir Odile demain. Il ne me reste qu'aujourd'hui pour me sortir du pétrin.

L'été des Indiens a fini cette nuit. Ce matin je suis dans le champ avec juste un petit chandail sans manches. Un bon rhume, c'est pas bête !

Je ne fais plus de recherches sages, comme le Chasseur. Non,

je fais des recherches sauvages.
J'arrache les grands foins à
pleines poignées. J'en mange,
même ! Une bonne indigestion,
c'est pas bête !

—Julien ! Julien !

Ma mère m'appelle pour dîner. Parfait ! je vais avaler tout ce que je peux. Avec les foins que j'ai déjà dans l'estomac, c'est l'indigestion garantie.

—Julien, es-tu fou ? On gèle ! Où est ton manteau ? crie maman dès qu'elle m'aperçoit.

—J'ai chaud, moi ! que je réponds.

Pas du jambon ! J'ai horreur de ça. Je me force pourtant à vider mon assiette. Pour avoir droit au dessert... Ah non ! qui a inventé des tartes aux pommes si petites ? Il me reste le lait... Oh ! oh ! j'ai une meilleure idée.

—Julien, qu'est-ce que tu bois là ?

—Du lait.

Maman me prend le verre des mains. Mon lait lui semble bien épais. Et pour cause...

—Mais... Julien, c'est de la crème à fouetter !

—Ah, oui ? que je fais en agrandissant les yeux.

—Bon ! là, tu viens avec moi dans ta chambre. On a à se parler.

Ma mère devrait travailler dans un cirque. Comme dompteuse, puisqu'elle peut nous dompter sans fouet. Ou comme voyante, car elle peut aussi savoir ce qui se passe dans notre vie. Sans boule de cristal.

Ma mère a remarqué que je n'avais plus ma médaille. Puis elle m'a vu fouiller le champ. Et elle a tout deviné. Mais elle attendait que j'en parle. Elle respectait mon silence. (Ma mère dit des choses bizarres, des fois.)

— Pourquoi t'emplir de crème jusqu'aux oreilles ? me demande-t-elle. Un jour ou l'autre tu devras dire la vérité à Odile. Alors, pourquoi pas demain ?

— Parce que je ne veux pas.

— Après, ce sera fini.

C'est là qu'elle se trompe, ma mère. Après, tout va commencer. Tout quoi ? C'est justement ce que je ne veux pas savoir.

Chapitre 10

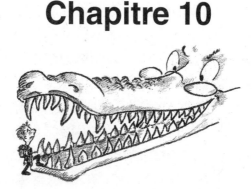

LE PIRE MOMENT
DE MA VIE

C'est dimanche soir. Je ne suis pas malade. Toute la famille a cherché ma médaille. Mais on n'a rien trouvé. Il reste une seule nuit avant le pire moment de ma vie. Si cette nuit pouvait durer cent ans ! Le Bel au bois dormant, ça m'irait très bien.

Mais il faudrait que je commence par m'endormir. Ce qui

est impossible. Je suis trop occupé à faire de la visualisation. Dans ma tête, je vais au bureau d'Odile. Je dis :

—Je n'ai plus la médaille. À cause d'elle, les autres ont été méchants pour moi. Je l'ai jetée. Ça ne recommencera plus pour personne.

Non, j'ai une meilleure idée. Je dis :

—Anne-Marie avait trop de peine. Je lui ai donné ma médaille.

Non, j'ai une meilleure idée. Je dis :

—Un homme quêtait dans la rue. Il faisait tellement pitié que je lui ai donné mon étoile. Après, il était heureux.

Oh ! la porte de ma chambre s'ouvre. Maman s'approche de mon lit. Elle voit bien que je ne dors pas.

—Je comprends, murmure-t-elle. Tiens, on va faire de la visualisation. Ferme les yeux. Bon, tu te vois entrer dans la classe. Tu marches bien droit. Tu n'as pas peur, puisque tu n'as rien fait de mal. Tu vas voir Odile, et tu lui dis : « Je suis désolé. Mon épinglette s'est détachée. Je l'ai perdue. » C'est tout.

—Comment ça, c'est tout ? Et après ?

—Après, ça ne dépend plus de toi, répond ma mère. Tu verras bien.

—Mais je ne veux rien voir du tout !

—Voyons donc ! Que peut-il t'arriver de si grave ? Tu n'en mourras pas, tu sais.

Je sais. Mais des fois, je me dis que j'aimerais mieux en mourir. Est-ce que maman comprendrait ça ? Je ne crois pas. Alors, je me tais. Elle m'embrasse et elle sort.

Ce matin, maman m'accompagne à l'école. Elle répète que ce n'est pas bien grave d'avoir perdu la médaille. Moi, je trouve qu'elle ne comprend vraiment rien.

C'est terrible d'avoir perdu la médaille ! À cause de moi, il n'y aura pas de champion du lundi. Tout le monde va se mettre dans une colère épouvantable. Odile va me déchiqueter avec ses dents de crocodile. Elle va me lancer en petits morceaux dans la classe. Charles, Anne-Marie Labrie, Vanessa et tous les autres champions sans médaille vont continuer à me mettre en pièces. Avec leurs règles, leurs crayons, leurs talons, leurs cou-

vercles de pupitre. Ou pire
encore ! Je ne sais pas, moi !
   —Julien ! tu ne m'écoutes
même pas ! s'écrie maman.

Nous sommes arrivés dans la cour. Ma mère met ses mains sur mes épaules. Elle plonge ses yeux dans les miens, et elle me dit :

—La peur, c'est comme un mur. Un mur très difficile à grimper. Mais ce matin, tu dois aller voir ce qui se cache derrière. Tu en es capable ! Après, tu vas me raconter ta découverte. Et tu seras mon grand champion pour toujours !

La cloche sonne. Je serre les poings et je me mets en rang.

Oui, je vais grimper le mur de ma peur. Même si mes jambes sont toutes molles.

Les autres rangent leurs affaires. Odile est assise à son bureau. Je vais la voir. Le cœur va m'éclater, mais je plonge. Je parle tout bas :

—Je suis désolé. Mon épinglette s'est détachée. J'ai perdu la médaille.

Odile me regarde sans surprise, sans colère. Elle ouvre son grand tiroir, puis une petite boîte. À l'intérieur, il y a cinq étoiles dorées !

—J'avais prévu ça, murmure-t-elle. Ces trucs ne semblaient pas solides... Mais chut ! Tu te souviens de ce que j'ai dit vendredi ? Sur les bébés jaloux ?

—Oh ! oui.

—Alors, on garde le secret. Sinon, on aurait l'air trop fous tous les deux. D'accord ? demande Odile avec un rapide clin d'œil.

Je fais oui de la tête.

Odile pige une petite étoile dans la boîte. Elle la dépose discrètement sur son bureau. Puis elle me sourit. Et là, je découvre une chose extraordinaire : les crocodiles peuvent avoir le plus beau sourire du monde !

Danielle Simard

Danielle Simard vit depuis toujours à Montréal. (Une quarantaine d'années, disons.) Elle dessine depuis qu'elle sait tenir un crayon. Elle écrit des livres depuis beaucoup moins longtemps, mais c'est ce qu'elle préfère. Chaque année, elle fait deux romans pour les jeunes. Celui-ci est son quatorzième !

C'est aussi son premier à raconter une histoire vraie, ou presque… Danielle connaît celui qui a perdu la médaille de la semaine. Une horrible histoire qu'il n'est pas prêt d'oublier.

MA PETITE VACHE A MAL AUX PATTES

1. *C'est parce que...*, de Louis Émond, illustré par Caroline Merola.
2. *Octave et la dent qui fausse*, de Carmen Marois, illustré par Dominique Jolin.
3. *La chèvre de monsieur Potvin*, de Angèle Delaunois, illustré par Philippe Germain, finaliste au Prix M. Christie 1998.
4. *Le bossu de l'île d'Orléans*, une adaptation de Cécile Gagnon, illustré par Bruno St-Aubin.
5. *Les patins d'Ariane*, de Marie-Andrée Boucher Mativat, illustré par Anne Villeneuve.
6. *Le champion du lundi*, écrit et illustré par Danielle Simard.
7. *À l'éco...l...e de monsieur Bardin*, de Pierre Filion, illustré par Stéphane Poulin, Prix Communication-jeunesse 2000.
8. *Rouge Timide*, écrit et illustré par Gilles Tibo, Prix M. Christie 1999.
9. *Fantôme d'un soir*, de Henriette Major, illustré par Philippe Germain.
10. *Ça roule avec Charlotte!*, de Dominique Giroux, illustré par Bruno St-Aubin.
11. *Les yeux noirs*, de Gilles Tibo, illustré par Jean Bernèche. Prix M. Christie 2000.
12. *Les mystérieuses créatures* (ce titre est retiré du catalogue).
13. *L'Arbre de Joie*, de Alain M. Bergeron, illustré par Dominique Jolin. Prix Boomerang 2000.
14. *Le retour de monsieur Bardin*, de Pierre Filion, illustré par Stéphane Poulin.

15. *Le sourire volé*, de Gilles Tibo, illustré par Jean Bernèche.

16. *Le démon du mardi*, écrit et illustré par Danielle Simard. Prix Boomerang 2001.

17. *Le petit maudit*, de Gilles Tibo, illustré par Hélène Desputeaux.

18. *La Rose et le Diable*, de Cécile Gagnon, illustré par Anne Villeneuve.

19. *Les trois bonbons de monsieur Magnani*, de Louis Émond, illustré par Stéphane Poulin.

20. *Moi et l'autre*, de Roger Poupart, illustré par Marie-Claude Favreau.

21. *La clé magique*, de Gilles Tibo, illustré par Jean Bernèche.

22. *Un cochon sous les étoiles*, écrit et illustré par Jean Lacombe.

23. *Le chien de Pavel*, de Cécile Gagnon, illustré par Leanne Franson. Finaliste au Prix du Gouverneur général 2001.

24. *Frissons dans la nuit*, de Carole Montreuil, illustré par Bruno St-Aubin.

25. *Le monstre du mercredi*, écrit et illustré par Danielle Simard.

26. *La valise de monsieur Bardin*, de Pierre Filion, illustré par Stéphane Poulin.

27. *Zzzut !* de Alain M. Bergeron, illustré par Sampar. Prix Communication-Jeunesse 2002.

28. *Le bal des chenilles* suivi de *Une bien mauvaise grippe,* de Robert Soulières, illustré par Marie-Claude Favreau.

29. *La petite fille qui ne souriait plus*, de Gilles Tibo, illustré par Marie-Claude Favreau. Finaliste du Prix M. Christie 2002. Prix Odyssée 2002, Prix Asted 2002.

30. *Tofu tout flamme*, de Gaétan Chagnon, illustré par Philippe Germain.
31. *La picote du vendredi soir*, de Nathalie Ferraris, illustré par Paul Roux.
32. *Les vacances de Rodolphe*, de Gilles Tibo, illustré par Jean Bernèche.
33. *L'histoire de Louis Braille*, de Danielle Vaillancourt, illustré par Francis Back. Prix Boomerang 2003.
34. *Mineurs et vaccinés,* de Alain M. Bergeron, illustré par Sampar. 2e position au Palmarès de Communication-Jeunesse 2003.
35. *Célestin et Rosalie,* de Cécile Gagnon, illustré par Stéphane Jorisch.
36. *Le soufflé de mon père,* d'Alain Raimbault, illustré par Daniel Dumont.
37. *Beauté monstre,* de Carmen Marois, illustré par Anne Villeneuve. Prix du Salon du livre de Trois-Rivières 2003, catégorie Petit roman illustré
38. *Plume, papier, oiseau,* de Maryse Choinière, illustré par Geneviève Côté. Finaliste au Prix d'illustration du Salon du livre de Trois-Rivières 2003, catégorie Petit roman illustré.
39. *Gustave et Attila*, de Marie-Andrée Boucher Mativat, illustré par Pascale Bourguignon. Prix du Salon du livre de Trois-Rivières 2003, catégorie Relève.
40. *Le trésor d'Archibald*, de Carmen Marois, illustré par Anne Villeneuve.
41. *Joyeux Noël monsieur Bardin!* de Pierre Filion, illustré par Stéphane Poulin.

Ta semaine de lecture avec Julien Potvin

Le démon du mardi

Julien suit des cours de natation. Mais il y a aussi Lucie Ferland, qui se moque de lui tout le temps. Un cauchemar ? Sûrement, s'il n'y avait Gabrielle que Julien aime en secret…

Le monstre du mercredi

Odile place les élèves en équipe de deux. Julien se retrouve avec le monstre de la classe ! Comment se sortira-t-il des griffes de Steve ?

Les petites folies du jeudi

Julien et Michaël sont tous deux amoureux de Gabrielle. Michaël propose de lui acheter un cadeau. Julien n'a pas d'argent de poche. Suffit-il d'en avoir pour déclarer son amour ?

Prix Communication-Jeunesse 2004

Le macaroni du vendredi

Dernier jour d'école ! Odile demande à ses élèves de faire un exposé oral. Julien veut bien sûr épater les élèves de sa classe. Un champion du lundi peut-il devenir la nouille du vendredi ?

 **PROTÉGEONS**
NOS FORÊTS

Ce livre a été imprimé sur du papier Sylva enviro 100 %
recyclé, traité sans chlore, accrédité Éco-Logo et fait à par-
tir d'énergie biogaz.

Achevé d'imprimer
sur les presses de Marquis Imprimeur
en janvier 2010